WHITMAN & PESSOA
meus camaradas

FLÁVIO
VIEGAS
AMOREIRA

KOTTER
EDITORIAL

Coordenação Editorial: Sálvio Nienkötter
Editor-Executivo: Claudecir de Oliveira Rocha
Editor-adjunto: Daniel Osiecki / João Lucas Dusi
Capa: Paula Villa Nova
Design editorial: Carlos Garcia Fernandes
Produção: Cristiane Nienkötter
Revisão e preparação de originais: O Autor

Dados Internacionais de Catalogação na Publicação (CIP)
Angelica Ilacqua CRB-8/7057

Amoreira, Flávio Viegas
Whitman e Pessoa, meus camaradas / Flávio Viegas Amoreira. – Curitiba : Kotter Editorial, 2022.
88 p.

ISBN 978-65-5361-159-7

1. Poesia brasileira 2. Literatura brasileira I. Título
CDD B869.1

22-6572

KOTTER EDITORIAL

Kotter Editorial Ltda.
Rua das Cerejeiras, 194
CEP: 82700-510 - Curitiba - PR
Tel. + 55(41) 3585-5161
www.kotter.com.br | contato@kotter.com.br

Feito o depósito legal
1ª Edição
2022

WHITMAN & PESSOA
meus camaradas

FLÁVIO
VIEGAS
AMOREIRA

Sumário

Prefácio

Uma venerável tradição de nossa cultura relaciona poesia e êxtase. Sob o influxo da inspiração artística, o poeta esvazia-se como indivíduo empírico, para ser tomado e possuído pela força arrebatadora da arte. Em certo sentido, a poesia é uma atividade sobre-humana, próxima da divindade, por seu telúrico poder de criação, que se faz no elemento do espírito, na matéria da palavra, na instância da linguagem. Criação que aproxima entendimento e sensibilidade, razão e sentidos, uma fusão gerada no vínculo entre a poesia e a mania sagrada, mas também entre a poesia e a loucura, da qual o destino trágico de Hölderlin se oferece como icônica instanciação. Na ex-stase da experiência artística, o poeta é arrancado de si, sua alma transborda os limites impostos pelo cotidiano da vida, estilhaça a estreita subjetividade egoica e a pseudo unidade simples da consciência. Corpo e alma abrem-se para o acolhimento das coisas que vêm ao nosso encontro, permitindo que elas mesmas falem, ao emprestar-lhes a sua voz. Privilegiado eleito pelas musas, a verdadeira fonte da criação poética é, no entanto, simbolizada por Mnemosyne, a deusa da memória – significativamente a mãe das musas. Pois o poeta, em seu arrebatamento, reata com as camadas mais profundas da memória ancestral da humanidade, resgata sua condição propriamente humana de ser linguageiro, acessa as imagens e sentidos poderosos do inconsciente individual e coletivo, hauridos no manancial das forças cósmicas, colocando-se, como intermediário entre os homens e os deuses, sob a égide da totalidade e da eternidade, como bem compreendeu Walt Whitman.

No poeta, então, o pensamento se oferece e dispõe-se inteiramente ao serviço da linguagem, e por isso a poesia nos toca tão profundamente, nos comove no mais íntimo de nosso ser: pois a essência de nossa *conditio* radica no *logos*, que é verbo e palavra, discurso e linguagem, mas também liberdade e espírito. E o versejar poético brota das fontes dadivosas da *poiesis* humana, da capacidade de criação que engendra o belo e o sublime, que afirma e abençoa a vida, transfigurando em beleza até mesmo o que há de mais problemático, duro, horrível e questionável na existência.

Por isso, na poesia a manifestação do espírito radica no corpo e nele se entranha, vive de suas exaltações e desfalecimentos, na plenitude de seus fluxos e intensidades, como o mostra o verso livre, a obra admiravelmente solta e única de Walt Whitman. É com isso que dialoga o genial poeta Flávio Amoreira, celebrando bicentenário do nascimento Whitman, na ode inspirada que constitui núcleo pulsante deste livro, no qual o passado dialoga com o presente, o vate brasileiro celebra as saturnais de seu encontro com o *brother* destinamental norte-americano, e descerra novos horizontes de futuro, deixados sempre em aberto, na utopia de uma promessa de libertação que nos diz respeito hoje, da maneira mais urgente e aguda, na tensa produtividade do negativo. Deixemo-lo falar:

para negar-me
achei-me
linha turva

estreito e profundo
rompendo qualquer som
que reverbere
limite que estenda
até rota que se quebre
aí vou
destemor
aí sigo
se o que dou
é todo meu destino
avio-me
no teu mesmo passo...

De acordo com os parâmetros utilitários, instrumentais e funcionalistas que determinam a dinâmica de nossas sociedades, a verdadeira poesia é o que há de mais inútil. Mas justamente por isso, porque é fim em si mesmo, porque é a fruição e puro gozo, ela é o mais necessário em nosso tempo, pois ela nos humaniza e nos devolve à terra e ao céu, prodigaliza seus mistérios e encantos, nos redime da hipocrisia cotidiana e da secular alienação. E poetas como Flávio Amoreira são necessários em sentido superlativo, pois nele uma sensibilidade riquíssima e delicada, é capaz de observar e cantar, no espírito de Whitman, como "a noite se deteve artificial antúrio para o absurdo atente ao cotidiano do caminho". Esta simplicidade e celebração da vida, em todos os seus pormenores, é a suprema felicidade do poeta. No supremo despojamento de si, ele conquista o que Nietzsche chamou de "pobreza do riquíssimo", um tesouro do qual faz nascer a graça e a sedução que generosamente nos oferecem em seus transbordamentos.

vejo as grandes estruturas
os artifícios contra a natureza
as arcadas no deserto
os pelotões de inúteis
diante de hecatombes
a lúdica enganação do mercado
a insensatez do relógio que se atrasa
o dique e sua anedota
antibalísticos pífios
aos meteoros
e seguimos pé ante pé
com o que seja palavra
linguagem
sentimento
em qualquer halo galáctico
qualquer escuro
a poesia não se sacia

Em sua fragilidade diáfana, a poesia é infinita potência, o *logos* poético remove montanhas e abala os alicerces mais solidamente arraigados, razão pela qual, desde os primórdios, os poetas sempre foram tanto admirados quanto temidos pelos guardiões dos valores e das crenças assentes. Tenho certeza de que o leitor deste livro não deixará de se encantar com a homenagem prestada ao poeta americano do norte por sua alma gêmea dos trópicos, o irmão brasileiro santista das praias, das dobras, das margens, com o poder e a magia de sua palavra, criadora de mundos. E é nela que os dois se encontram no milagre da criação:

Criar é nossa sina
Por mais surjam hábitos
De antanho
E os velhos troféus
Não descuidemos das janelas
'a mão livre
E abolir o tema : obrigação
Walt Whitman!
Jamais a concorrência
As disputas por vitoriosos
A competição
Rearrumar o prumo
Lançar mão de nunca e sempre
Tendo tudo pela frente.

Flávio Viegas Amoreira, Walt Whitman, Fernando Pessoa e outros excêntricos são aqueles irmãos mais fortes que nos ajudam, com a força e a magia de seu transe e possessão divina, a constantemente 'rearrumar o prumo', a resistir sempre, a revisitar o passado, no epicentro do presente e na esperança do futuro.

Oswaldo Giacoia Junior
São Paulo, 20 de abril de 2019.

O culto ao oculto mestre

(uma introdução ao claro enigma)

"... Tirem esse lixo da minha frente!
Metam-me em gavetas essas emoções!
Daqui p'ra fora, políticos, literatos,
Comerciantes pacatos, polícia, meretrizes, souteneurs,
Tudo isso é a letra que mata, não o espírito que dá a vida.
O espírito que dá a vida neste momento sou EU!"
(Álvaro de Campos - SAUDAÇÃO A WALT WHITMAN)

Assim como Fernando Pessoa, sob o pseudônimo de Álvaro de Campos, **Flávio Amoreira** dedicou-se com intensa atenção e cuidado a fazer sua **Saudação** em forma de poema à **Walt Whitman**, chamando-o apropriadamente de *my brother*, gíria que a juventude dos anos 60/70 adotou como sinal de identificação e que remonta às antigas formas de tratamento codificado entre os seguidores de Jesus, atualizada pelos soldados da Segunda Guerra Mundial, quando várias etnias conflitantes foram enfileiradas nos batalhões nacionais que divergiam em armas, durante o sangrento conflito.

Distribuindo suas impressões em seções à moda com que o bardo americano o fez nas mais de 10 edições (aumentadas e revisadas; uma delas, literalmente pirateada e, outra, recolhida sob ameaças penais de um promotor público) de seu clássico **As Folhas da Erva** – *The Leaves of Grass* (traduzido por aqui como, **Folhas da Relva**, provavelmente pelos mesmos motivos que levaram seu autor à demissão de um cargo público por ordem de um conservador que o acusava de *indecente*), Amoreira trilha a cada bloco as diferentes atualizações dos temas que Whitman fez ao longo da história editorial de seu clássico, destilando seus versos com o tom dos *beatnicks* – Mick Jagger chegou a comparar Whitman com Bob Dylan, numa apresentação ao vivo – fazendo valer duas das potenciais "forças ético-estéticas" prenunciadas e defendidas até a morte por seu homenageado: *a liberdade da arte* (o verso livre surge em suas páginas como uma tendência irreversível na literatura moderna) e *a poesia como sendo a arma mais poderosa contra a hipocrisia*, seja ela contra a que afeta os costumes e a moral; seja contra a que investe contra os direitos utópicos e as liberdades individuais da cidadania democrática (esta, a grande conquista dos revolucionários de seu tempo e seu principal paradigma doutrinário).

Sem faltar aos prodígios românticos, Amoreira não se desvia dos assuntos da carne (*...que afetam a alma e seduzem o espírito* – nas palavras de Allen Ginsberg, a respeito de Whitman) nem omite uma dose calculada daqueles convites à orgia que custaram ao homenageado uma série de perseguições e acusações capazes de liquidar suas economias, comprometer sua dignidade social e ofuscarem maldosamente seu papel de destaque no cenário cultural americano que seu olhar atento e libertário vasculhou com intimidade, perspicácia e uma coragem sem limites.

Num ambiente *pós-moderno*, como o atual, com mais opções disponíveis para tratar das delicadas questões envolvendo as paixões amorosas com mais flexibilidade temática e objetividade sensitiva, correndo os mesmos riscos de ser taxado de libertino, o poeta Amoreira não poupa sua **Saudação** dos temas caros ao homenageado, com uma elegância retórica rara para os padrões vanguardistas contemporâneos e uma peculiar distinção estilística.

Durante a leitura deste longo poema dedicado - que deve ser meritoriamente feita de maneira pausada, refletida e degustada a cada seção -, sente-se por todas as injunções semânticas, disponíveis às dobras do texto corrido, a focada preocupação do autor em manter, sob a superfícies das águas de seu rio, a mesma atenção que Whitman dedicava a ***questão do tempo*** (*esse cruel rastreador de calendários*), não faltando sequer a citação rítmica da arte musical (que tanto pode ser jazz quanto blues - e até mesmo os dois), o que aproxima seus versos da partitura fina de um dos últimos poemas a serem agregados às *folhas* de Whitman: o consistente *Song of Myself*.

...e assim, **Flávio Amoreira**, seguindo o mantra de seu ídolo ("*seremos profetas sem ultimatos*") ingressa na "horda dos iluminados", procurando misturar dimensões filosóficas e espirituais para além dos desejos humanos, invocando a atualidade estética de um dos maiores poetas da literatura universal, ao observá-lo com a mesma técnica que ele lhe instigou a aceitar como desafio - *ser poeta em tempos sombrios* - e convocando cada leitor, que estiver diante de seus versos, a encontrar surpresas, amor, sensualidade, beleza e audácia, diante dos olhos ("...cada olhar será um Rei de todos os sentidos...")

"Minha senha? Walt Whitman!
Mas não dou senha nenhuma...
Passo sem explicações..."
(Álvaro de Campos – SAUDAÇÃO A WALT WHITMAN)

Tavinho Paes
Rio de Janeiro, 2 de abril de 2019

"Saudade - A Terceira Margem do Atlântico"

"Depois, seguro e certo como uma maré que sobe, começou o triunfo nos espíritos".
Fernando Pessoa

"Mar, infinita figura dos desterrados", é essa imensidão que recorta a tristeza, esfacela a vida sobre os rochedos e resgata em suas praias os sem-propósito-esses iguais em desespero.

Nesse espaço-tempo que se percebe desatado de qualquer controle, o poeta Flávio Viegas Amoreira dá as costas à grande megalópole paulistana e se aproxima da margem do Atlântico. É uma necessidade, um retorno ao útero santista que impulsiona o poeta, um resgate ao cordão umbilical que o liga da terra caótica e sem propósito às ondas de antanho guardadas. Mas as ondas guardadas não devolvem o gosto de sal aos lábios despidos de lembranças. E é dessa vida, desse ir e vir necessário, que nascem muitas das obras do poeta santista. E assim começa esta Ode. Flávio Viegas nos diz de seu tripé temático: o desejo homoerótico, a questão ontológica e um tal "sentimento atlântico do mundo", sentimento este atado aos calcanhares de todos que partiram da Península Ibérica e aterraram na São Vicente seiscentista. Mas falemos da outra margem, de um outro poeta, pois é disso que trata esta Ode, um verdadeiro diálogo, um palimpsesto construído sobre a célebre "Ode Marítima" escrita por Álvaro de Campos, heterônimo de Fernando Pessoa.

Em sua carta a Adolfo Casais, Pessoa diz ser um dramaturgo por trás das máscaras involuntárias do poeta. E é o dramaturgo que se despersonaliza instintivamente e cria os heterônimos. É assim que ele se diz VIAJAR (assim mesmo, em maiúsculas, como datilografado pelo poeta).

Álvaro de Campos surge em 1914, como um estrondo que "veio à vida como um núcleo de energia para explodir em emoção e em arte." Nas palavras de Pessoa, o "mais histericamente histérico em mim", o poeta da intensidade das sensações, que se autodenominou "poeta sensacionista".

"Pus em Álvaro de Campos toda emoção que não dou nem a mim nem à vida", nos diz o poeta.

Fernando Pessoa, mártir consciente do desassossego, se nega, se tolhe, se recria para sobreviver. Flávio age, repica, polemiza, é o homem múltiplo de um único nome.

E lança um grito ultramarino:

"Somos duas putas"

Jorge Elia Neto – poeta

Pessoa, meu íntimo

Aqui deste porto de Santos sinto-me contrapartida de Whitman, Kaváfys, de Pessoa, poeta de uma cidade--estado, ilha solta ao oceano, escritor sempre no exílio do Velho Mundo e do continente brasileiro adentro. Meus ancestrais judeus, mouros, lusitanos me legaram a melancolia que me move navegante pelo sentimento. Fascinam-me as lides dos operários do Brooklyn, as noites de Alexandria, os cantos da Alfama e Mouraria, toda poética feita de vontades inconclusas, ardores clandestinos, as façanhas de heterônimos. Uma obra de versos nacionais porque estrangeiros. Desassossego, rumores meigos, preciso que meus cantos sejam lidos por vocês e que ao interpretá-los façam os vivos, que por vós eles respirem. Num paganismo místico, olho e abraço o horizonte de guindastes, velas, silos e adeuses. Uma poética dos anseios e de suas impossibilidades. A poética, ela mesma como experiência sensória, estiva dos poros.

"O abismo é o muro que tenho
Ser eu não tem tamanho."
(Álvaro de Campos)

"Sinto o meu corpo deitado na realidade,
Sei a verdade e sou feliz.
Sim, eis o que meus sentidos aprenderam sozinhos:

As cousas não têm significação: têm existência.
As cousas são o único sentido das cousas."
(Alberto Caeiro)

Depois de entregar-te essa obra, retorno ao silêncio comovido de minha alma eloquente.

Flávio Viegas Amoreira

MURMÚRIOS

A sensualidade impera nos versos de Amoreira.
Deslizar deste a outros mares, ventos, bocas
sem arquejos chegar
– sua marca.
Amoreira inconfundível e raro
é rei em sua poética.
Oferece a Pessoa
da outra margem
seu desvendar
seu amor pelo sal
em corpos tórridos.

Amoreira sempre me permite
ver várias imagens
Absolutamente ao mesmo tempo.
Seus sons vêm do Atlântico Mar
aqueles que noite adentro
não cessam de criar
murmúrios .

[Teresa Teixeira
Poeta portuguesa]

Dedico este livro a professora
Aurora Fornoni Bernardini
amiga e mestra de gerações

WHITMAN, MEU BROTHER

I– “discorre sobre o tempo
Inconcluso
a lua ovula encarnada
domesticado o maldito medo
rente ao rio
olhar distante
o astro agora de boa monta
assoma o cristal divino

inclina-me o rosto amado
nessa lenda íntima
na soleira, chovia com imprecisão
num canto,
a noite se deteve
artificial
antúrio
para o absurdo atente ao cotidiano
do caminho:
entretêm neste
a colheita
nos minutos:
o desespero
é o infinito

para negar-me
achei-me
linha turva
estreito e profundo
rompendo qualquer som
que reverbere

limite que estenda
até rota que se quebre
aí vou
destemor
aí sigo
se o que dou
é todo meu destino
avio-me
no teu mesmo passo
avanço
porque sem teu rastro
inacabado"

II– “agora que dei contigo
por que não há de amar-me um dia?
e eu por que fui tão desatento à tua chegada?
quero fazer contigo um poema das coisas inconcretas
desfiar a abstração erguida do teu sexo
o mais das coisas
sem tradução
e quando dobra artelho
move
algo em meu plexo solar:
dobra orgânica
desse romance
silente”

III– “sobre todas as coisas
úteis construí nosso sonho
o alvorecer duma outra decência
um amor não mais reprovável
que não se permitia liberto
desprendido de apegos
sem fim ou começo
antes durante
para frente ao mar sem refúgio
porque poeta em minha estranheza
fortaleza e refúgio
durante outonos se recostavam
em tronos pela areia
as vontades corporais
advinham sem prantos
e agora relato
escrever ternura de pensar de novo
o rumor das ondas
no aroma de maresia”

“vejo em ti o anúncio prodigioso
farol de tantos portentos
poeta da segunda centena
desse milênio fatídico
e cada olhar será
um rei de todos os sentidos
quando toda esperança
um triunfo
um avanço de teu júbilo
planeta suburbano

como o fim de tarde
alumiando frondosa árvore
detrás do sol extinto
ó alma minha indócil
força-me desatamento
porque a noite é sempre
rebelde
até que a âncora do teu leito
me sustente"

IV– “vejo as grandes estruturas
os artifícios contra a natureza
as arcadas no deserto
os pelotões de inúteis
diante de hecatombes
a lúdica enganação do mercado
a insensatez do relógio que se atrasa
o dique e sua anedota
antibalísticos pífios
aos meteoros
e seguimos pé ante pé
com o que seja palavra
linguagem
sentimento
em qualquer halo galáctico
qualquer escuro
a poesia não se sacia”

V– “Vem comigo
Hei de seduzir todos os deuses
Para instituir o amor libérrimo
Só ele, sem travos, o possível!
O amor natural entre dois homens
A entrega entre duas mulheres
Eu canto a democracia estrelada
De todas as orgias entre camaradas
Companheiros de viagem
E todas as recompensas do bom talhe
E da dourada cepa
Dos invertidos
E suas velas de cânhamo
Nunca te passou pela cabeça
Que até agora fomos oprimidos
Pela crença no corpo
E na alma por ele premido?
Solta-te
Sem assustarmos os gerânios
Se as asas não querem
Rotas precisas
Os ventos prometem
Novas esferas
Já que somos
O que desesperamos
Porque nosso dia
Pede futuro
Para viver um novo lar
Lendo nos olhos nossas impossibilidades
No poder de todas vontades

Dos lírios
Como se enfim
E de repente
A poesia revelasse
Tudo facilmente ao amor
O que amor
Distante
Nesse gesto
De olhar ao longe
Penso exista
Noutra terra estranha
Outro íntimo
Desse meu mesmo
Prazer ao relento
Nesse batente
Debruçado

Sem aldravas"

VI– rompe a seda do céu
Turmalina
E seguimos espreitados
Pela nave da igreja
A manhã alva
Aldeia deserta
Nalgum canto do tempo
Sem mais tempo
Tu me toca
Com todo fervor
Do espaço
Corpo sobre corpo
Tudo expresso no movimento
De todas conciliações possíveis
De todos perigos agora vãos
Ao redor de mãos dadas
Habitando todos abrigos

VII– Duma senda cósmica imprecisa
Sons de amplitude e frequência
E sentimos impulsos rápidos
E brilhantes amor!
Divino caleidoscópio
Rasgando-se de todas tristezas
Barco a vapor jato
Todas velocidades
Sem protesto
De nuvens
Para os amantes
Olor e aura
Da menos obscura
Falange de anjos
Longe a razia
Longe a turba
Longe os anacoretas
Agora sibaritas dos fluxos
Amplexos de todas as deixas
Largamos ao céu impudente
Verberando
Para voltar ao teu aconchego
Virei tronco
Correnteza
E uma ninhada de ondas
Anunciando nosso dia de novo

VIII– manejo amor
Na espiral benevolente
Do raio
Todos elementos órficos
Para narrar a angulosa
Irrepetibilidade de todas ondas
E por força do desejo das estrelas
Romperemos o nexo
Em nome da melodia!

VIII– “Os domingos, mais que nunca,
Serão para sempre
Toda metáfora agora se desfolha:
Imperceptível essa esquina
Tem semeado mil caminhos
Quem sabe o mundo real
Tenha sido esse arbusto
O mundo nada previsível
Para seres desatentos
Ainda se surpreendem
Com chuvas de verão
Nota o ambiente não rarefeito:
O que faz os golfinhos felizes
Não é o esforço empreendido
Nem a caça dos peixes
O que faz os golfinhos felizes
Amor? Talvez a existência das ondas
A suprema alegria do mar”

IX– “Celebro nosso amor Walt!
Um mover de olhos
E tudo ecoa do teu encanto
Ergue castelos em pensamento
Que eles vibram
Além do abismo
Olha o labirinto
E o céu desfeito
Com o sol refletido
Na água clara desprendendo
As estrofes do teu sonho
Agora meu sonho
A hospitalidade universal
De todos amores”

X – "Eu sei de cada vento
Que se prende na dobra
Do monte,
Não me digam nenhuma intimidade
Do mar que não tenha sentido
Antes no peito
Walt! cultivo o leito de rio
Para uma foz que seja sincera
Um riacho caloroso
Que me dê sua mão sincera
E vibra com a corda eriçada
De todos sentidos
Sê ordinário ao sábado
Do corpo
Sustem o gole de cerveja
Em teu parnaso
Para um novo gênese boreal!

XI– o tempo exato
Talvez seja uma ilusão
Assim tempo certo
Só impressão
Só ouvindo os passos
Com a flor em punho
Em teu violão
Você percebe o desejo
Maior que mera intenção

XII– um solo de sax!
Poder beijar nossos amores
Com o chapéu pendendo
Sem rumo
Um solo de sax, meu capitão!
Arrastar o dia e todos os dias
Misturados todos os sangues
E todas as eras num átimo
Walt Whitman!
Correr ao lado dos peixes
Sentir todas ervas
Ter o corpo limpo na primeira lua cheia
Para agourar de desejo a noite sem remorso
Quando na minha cabana vieram todos os malditos
Os estranhados da sorte
Os marginais do bom senso
Celebramos na mesma taça
Uma orgia renovada para as mãos enlaçadas
E nossos órgãos reprodutores
As axilas e mamilos de unguentos
Estreitados sem distar nossas bocas
Das antigas vergonhas
Whitman!
Porque o que importa daqui em diante
É a arte
O que importa realmente é arte
O resto compromisso

XIII– ao mensageiro, eu canto
E também aos arautos
Os encardidos da estrada
Os lambuzados de amor nos bacanais
Os operários estirados ao ócio
As putas ancestrais
E aos novos putos siderais
Aos recheados de orgasmos
Aos ocos inclusive por ser amados
Eu canto os visionários ou apocalípticos
E, especialmente, eu louvo os que jardinam
Semeiam
Os que conservam a relva
Os que se levantam diante do precipício
E reclamam novas gerações na terra verde
Nos mares intocados
Na atmosfera sadia do éden revivido
E celebro a sombra em sua imagem
O próprio átomo sem estigma
As espaçonaves desconhecidas
As vibrações sem ranço
E as onze cordas do paraíso eu canto
Walt Whitman!

XIII– minha alma não voa
Nem gorjeia ou soluça
Talvez só olha
Murmura
Titubeia
Tendo o mundo sua moldura
Em tudo que debruça
Ouves Whitman?
Não é mesmo o vento!
Porque agora temos a lira solta
Vibram:
Toda terra rude
Batéis sem ancoradouro
Anzóis sem mira
Caudas resplandecendo
Plasma
Hélio
Despregadas

XIV– depois da desolação
Nenhum julgamento impiedoso
Walt Whitman!
Seremos os profetas sem ultimatos
Os que não apontam
Nem pontificam
Entre os ruminantes da mediocridade
Insaciáveis pela desordem iridescente
A necessidade do caos aparente
Walt Whitman! E quanto nessa desordem
Além do nada esperançoso
Erige uma ordem imanente!
Tens teus tormentos
Obscuros nos fatos
Libertos nas palavras sem intervalos
O poema sempre estrada
Nessa vertigem
Dou palavra
Ao nexo
Algum sentido

XV– Digo-te Whitman
Como assim disseram
Pessoa
Lorca
Ginsberg!
Sem espera da chuva
Uma luz se acende
E posso já saudar o pássaro
Em seu encalço
E da rosa não tanto o modo
Melhor recordar o buquê
Do teu o corpo
A fragrância
Do sexo, seus arredores

XVI– Um tronco solto
Seixo descaminhado
Galho desprendido
No fluxo
Ainda assim
Memória do rio
Tudo tornado real
Por uma nudez inaudita
Do real
Quando pouso meu delírio no teu
Rente aos taludes
Seguimos pelas ravinas
As serras ainda rescendendo
Ao gênese dos amorosos
Os amorosos do porvir
Walt Whitman!

XVII– milagres por cornucópias
Sede de novas volúpias

Voragem de prodígios
Tendo-nos por corifeus
Regeremos libertos
Para ouvir visões de paraísos indivisos
Dos nossos poemas que não se volatizam
Nossos versos sem aldravas!

XVIII- formaremos a horda dos iluminados
De outras luas
Até a família harmoniosa dum Deus movente
E com arrojo de reinvento
Sem mais essa percepção enigmática
De irrealidade
Retirar os véus Whitman!
Dos átomos aos signos
Retirar os véus de todas obscuridades
Todos atavismos
Todo nó intrínseco dos sistemas
Toda coda ao término das gerações
Todos elos distendidos em enigmas
Todo crisol das dialéticas
De todas alquimias experimentadas
Ou nunca vistas, Walt Whitman!

XIX– Criar é nossa sina
Por mais que surjam hábitos
De antanho
E os velhos troféus
Não descuidemos das janelas
à mão livre
E abolir o tema: obrigação
Walt Whitman!
Jamais a concorrência
As disputas por vitoriosos
A competição
Rearrumar o prumo
Lançar mão de nunca e sempre
Tendo tudo pela frente

XX– Walt, a esperança morreu
Agora o futuro é só desafio!
Luzes sobrepondo-se a uma só imensa sombra
E o ventre exposto da aurora e sua face rubra
Nos indagam: o que é a vontade sem espaço?
O desejo sem vago oco da espera?
E nada mais se perturbe
Nenhuma fé se ampare
Mesmo que eu te diga, Whitman!
Que nenhum desígnio maior que iluminar-se
Ao contato das coisas!
E todo nosso desprezo ao temor do desejo
Que não se doa à voracidade da passagem dos gestos!
E exalto teu corpo meu corpo na medida que vejo toco
E encanto...."

PESSOA DOUTRA MARGEM

I- Muito além da melancolia das alvoradas
Zênite: tudo se esvai no ímpeto de acordar
pela sombra, os recifes
Despertar dum sonho nu
Espraio-me dum cais etéreo
Súbito, solto a recordação
Vagando até molhar o espírito liberto

II- Eu largado ao meu outro marujo
Chega-me, ainda que amante da cidade!
Sinto arrefecidos meus medos
Todas peias d´antanho, romper
Largar! Não saber-se preso noutra fé
Que não a no teu corpo
Também marujo
Onde esteio a laçar as nuvens
Por teus braços hélices
Precipício
Âncora

III- Ah! o grande porto!
Emprenhado de suspiros!
Imenso porto rasgando-se
Nas tardes escarlates!
E quais outros
Portos nos esperam?
Amantes dourados

IV- Dessa mesma coragem
Que vos falo sem mais o temor
Acumulado de outras eras
Sozinho no porto ainda
Noturno nesse limiar de verão
Vislumbro longe um veleiro lento
Melancólico paquete
E ventam em mim suas velas
De todo lado do mar, algum modo
Material do desejo difuso

V- E o que é o vento?
Praiano siroco versado em barcos
Ancoradouro em escadarias toscas
Enquanto teu navio não parte
Gaivotas vagando por cerejeiras espaciais
E a chuva perdeu a asa rubra
Interminável duração estética
Charada imagética

VI- Mesma luz sobre luz

Nos escondíamos amadrugados de azul
Cobalto pelo ar
Sereno aroma
Ardósia
Envolvido de lavanda

VII- Meus olhos postos
No teu silêncio
Insidiosos
Insinuantes
Em que porta bater primeiro
Amor súplice?
Teu sorriso pêssego
Carne irrefletida
Futuro mais que perfeito
Anjo de Tânger

VIII- Quem ama não desfalece
ao intimorato mergulho da superfície
sob a maciez gris das ondas
entrando a vagar seguro
no reino sem palavras
e tantos significados navegados

IX- Sem o véu da dúvida
rasga-se sobre a proa
empunhando a letra de sangue
desembaraçado o rumo das águas

X- Desatai-me passivo a todos sabores
Afoito do bafejo de todas tormentas
e bem-aventuranças
vergado pelo tombadilho
soberano do meu sexo
no castelo de popa
sabedor da matemática inspirada das ondas
aritmética precisa dos teus músculos
e nenhum ranço adjetivo
total substrato em algum canto do tempo
você me toca da forma que ainda exista

XI- Ao termo dum dia a comunhão
de beleza e despedida
voo de mergulhão em dobre
magia insuspeita
anoitece despudorada a Terra
beta / gama / delta
o que de real é impermanece

XII- tento ao céu e mar que roço
tocar por nebulosa
interiormente só que a floração constelada
por tua cor verdadeira do mundo
sem olhar as batalhas de fora
ser um herói dentro de mim espelhado
e talvez tanta água aos poucos
confunda com minhas fontes
no zênite
meu rio é pequeno
mas tem afluente lá na lua

XIII- Andei silencioso
entre a crispação olhando o mundo ao redor,
uma nuvem dá-me sorriso íntimo
meigo arco-íris encolhe-se a passagem dum sanhaço
sigo com trapos rotos sem modulação de rota
galopo, troto, estouro e ainda vibro o raciocínio da nave
pela sucessão de tormentas e bem-aventuranças
inexpugnável urro!
enquanto piratam-me o nexo
corsários
vazando os poros

XIV- Rasgai-me a pele o sol bravio
tal esponja voluta por tubarões lunares
embrenho-me pelo mar grosso
puta de todos os lupanares
desvirginado por vossos corpos de estiva e salitre
navegando do alto das torres lunares
criando epopeias

XV- fudei-me imaginativos
violai-me intrépidos embarcados
turbilhonando pavores cediços
eu que sinto o ar das coisas todas
em minhas ancas arrombadiças
de todos teus arrojos!

XVI- Ansiedades de minhas cavidades úmidas
anseios torpes forjam-me corajoso ao adro
dos faróis lapas lajedos
esfrego-me por tuas gretas
tocando insano o formato das tuas partes ignotas
as tatuagens em teus bíceps de laca
carreando barcos bêbados
entre o caroço e a pluma
a superfície das ondinas em flor
turbilhonadas
montante doutras margens
um pinheiro despido dos galhos
touceiros flutuantes
escaler barlavento

XVII- na popa, cem jardas avante
nosso idílio da carne
o rastro de vitória-régia
soçobrando nas ideias de infante
minha cama de menino
os pés traçando arcos pela areia
arfando de ânsia
a noite me puxar pelos cabelos
marinho meu primeiro berço

XVIII- A lua míngua orvalha

E saber nunca ter sido feliz noutro corpo
Quisera ser adulto a gozar as delícias da madureza
Sem saber que inocente era inteiro sem desejo além do que tocava
Aquela infância imaginada eterno desterro
Passou feito garoa sem remorso
E dela só a ternura que esvai longínqua
Um mergulhão na tarde fria
E onde meu brinquedo agora de fazer espumas?
Faz-me inerte olhar tudo nessa distância
E pensar para que ter sido se tudo agora solto

XIX- Desilusão, o amor negado

E eis que vou até a ponta duma praia longa
Ver esses navios de tanta pompa
Que pouco se dão também de amores ao porto
Lançados a outro cais para novos usos e desprezos
Tanto quanto me enredo de corpos intocados
Músculos que me esnobam os talentos
De percorrê-los
Recuados

XX- Recolho eu mesmo meu rebanho
As calendas da minha sorte
Talvez fulgor ainda nesse ancoradouro
Caiba alegre fado
Dizer não sinta
Sem ventura
A direção do verso

XXI- A nuvem de novo

Água de asas
Esse fascínio de sol e mar
Que dá-me suprema lucidez pela poesia
No instante mágico da passagem da luz
Sobre contêineres cabos vagões
O cais dorme
A eternidade é aos domingos
Quando a carga seca
Sem rumor algum a estiva

XXII- Quando solto-me
Pirata e prático
Desgarrado de mim
Nas garras do estuário célere

XXIII- Pouco importa as poderosas belonaves
que cercam tua entrada
só que está longe agora me lava o espírito
há o comércio
as novas especiarias de silício
a profusão de algoritmos
mas o que me diz inteiro
é a imprecisão do sonho
sem aparas
o que encobre os telhados
o casario
a firme propensão a evasão
sem romper o círculo altivo

XXIV- da mirada de toda a barra
as promessas que a baía
narra
e que nada se aplique a razão comum
a nenhuma plausibilidade!
o mar sem medidas
único a que me subjugo

XXV- – Venho eu rente
Dissoluto
Defronte ao cais onde proclamas
A fraternidade dos raros
Eremitas do desejo
Solitários do amor desviado
Ébrios de recato
Eia! Que ecoo o teu brado!

XXVI- Um semicírculo de ondas
Eu só com meu passado e minhas covardias

XXVII- Só ver o mar

XXVIII- Seus arames de partida

XXIX- A ponta da praia na hora sagrada

XXX- Crepuscular a cidade

XXXI- Em langor de noite

XXXII- Somos duas putas

XXXIII- Sem donaires

XXXIV- Nem a segurança das machezas

XXXV- Curtidos no álcool da melancolia

XXXVI- Tu em Lisboa

XXXVII- eu em Santos

XXXVIII- talvez nosso comum em Alexandria

XXXIX- mesmas ancas femininas

XL- mesmo sexo insaciável

XLI- de novas aventuras

XLII- em busca dum só amor

XLIII- que satisfaça

XLIV-

XXVII– Romper! Romper essa névoa
Insiste densa toldar minha vontade
Atravessar esse tênue véu
Refletindo o branco dos ossos
Quero salvar-me
Descobrindo sem antolho
Nem meta
Um presente infinito!

[flavioamoreira@uol.com.br]

pólen bold 90 gr/m2
tipologia adobe garamond pro
impresso na primavera de 2022